澜荡漾

木朵朵◎著

时代文艺出版社
SHIDAI WENYI CHUBANSHE

图书在版编目（CIP）数据

微澜荡漾 / 木朵朵著. -- 长春 : 时代文艺出版社, 2023.6

ISBN 978-7-5387-7215-9

Ⅰ. ①微… Ⅱ. ①木… Ⅲ. ①诗集－中国－当代 Ⅳ. ①I227

中国国家版本馆CIP数据核字(2023)第091227号

微澜荡漾

WEILAN DANGYANG

木朵朵 著

出 品 人：吴 刚
责任编辑：杜佳钰
装帧设计：任 奕
排版制作：隋淑凤

出版发行：时代文艺出版社
地 址：长春市福祉大路5788号 龙腾国际大厦A座15层 （130118）
电 话：0431-81629751（总编办） 0431-81629758（发行部）
官方微博：weibo.com/tlapress
开 本：660mm × 960mm 1/16
字 数：230千字
印 张：14.75
印 刷：河北浩润印刷有限公司
版 次：2023年6月第1版
印 次：2023年6月第1次印刷
定 价：49.80元

我在无处不爱

次仁罗布

木朵朵写了很多年的诗，我也很荣幸地为她的第一本诗集作序。这次她出版《微澜荡漾》这本新诗集，依旧请我帮她写序，这确实让我有些忐忑。原因说来也很简单，之前我已给西藏的许多诗人写过序，都是拗不过，或不愿伤及他们的写作热情，写完后又坠入惶恐中。其实，我的最初文学创作也是从写诗开始的，那些诗深受西方浪漫主义的影响，直至看到现代主义诗人的诗歌后，便放弃了写诗。现代主义诗歌的庞大与表现的多样性彻底击败了我，那时才知道我是写不出好诗的人，只能唏嘘长叹，将精力投入到了小说的创作上！

写诗真不容易，想写出有独特性的诗歌更是难上加难。每次看到年轻的诗人雄心勃勃地创作，油然对他们产生敬意、感佩，期待他们在这条路上闯出新的天地来。如今，我只是一个偶尔读诗的人，每次遇到给西藏的诗人写点文章时，总担心说不到点上去，害怕诗歌品质中的闪光点被我忽略掉，从而说出的话南辕北辙，无的放矢。每每看到他们坚持不懈，自己便索性就豁出去，谈些很不成熟的阅读体会，还害怕会误导诗人，影响其创作。

木朵朵是众多西藏诗人中的一名，她跋涉前行已有七八年，从未停笔歇息过。她用诗歌把自己的生命体悟、对世界的认识、探寻人生的意义等融进文字里，向广大读者展示内心。她时常在高原与平原中穿行，她的诗歌既有藏地高原的元素，又有平原生活的气息，与许多在西藏的汉族诗人相比，她试图嫁接平原与高原之间的紧密联系，更渴望找到一个突破点，继而实现西藏诗歌表达上的新增长点。无论是有意，抑或无意，但我们看到了她的这种努力与追求，让我们甚是欢喜并充满期待。

《微澜荡漾》就像书名一样，内文里的每首诗都是内心荡漾起的涟漪，波光粼粼，柔美回旋。一百七十九首诗，被分成“大雾四起，我在无人处爱你”“春风浩荡”“以节气的名义”“我的悲伤来源于一场雨”“月光站上山顶”“微澜荡漾”等六个部分。细读，你会感受到这是从雪域高原到中原的一个阶梯式的缓慢下行，最终两种文化的交融与共鸣，同时寻找到了相互打通的情感钥匙，那就是诗人注入到每一句里的那份眷眷挚爱，犹如我在无处不爱一般。正是这种浓烈的情感，撑起了整部诗集，虽然微澜，但拨动了人的情感之心弦，令人久久回味。令我诧异的是第一部分“大雾四起，我在无人处爱你”里的绝大部分诗歌都是关于西藏的，诗歌里的很多意象由高原元素组成，并把习以为常的东西化作了诗歌，如《雅砻》《西藏》《藏红花》《拿日雍措》等，给概念化的名词，赋予了生命的亮色和全新的阐释，“怀揣无垠/无边际地铺上白，不仅仅是白云的白/积雪桀骜不驯，藏在蔚蓝色里/雪峰每跨出一步，孤独又拔高一截//请收留我/哪怕做一颗值夜的星星/每个夜晚来临，就能守护着/一万里的清高//而你总是低调地收起光芒/在更高处开出雪莲花/在更僻静处/藏羚羊奔跑着拉开距离//对世人从不间断的打探/置身世外，含笑不语”（《西藏》）。这段文字超越了人们对西藏的认知，开启了另一扇风貌，这样的文字弥漫在这部诗集里，给读者营造不曾有过的新体验。

这部诗集的每首诗都比较短，但其张力和内蕴却是我们不可轻视的。“春风浩荡”把我们带到了希望升起的平原上，借喻自然界的许多植物、时节，表达着生命的孕育，美好的起始；“以节气的名义”以把中原的历史文化、民俗习惯融进诗歌的形式，将委婉的情感，两地生活的经验徐徐呈现。木朵朵是在高海拔的雪山脚下思考，双眸却时刻凝望着平原的一位诗人，她内心微澜荡漾的岂能是小情小感，应该是撞击出的火花，灿烂而鲜艳。

目录

◎ 大雾四起，我在无人处爱你

003 | 大雾四起，我在无人处爱你
004 | 雅砻
008 | 西藏
009 | 我的西藏
010 | 在高原
011 | 月亮途经的夜晚
012 | 藏红花
013 | 拿日雍措
014 | 风景
016 | 也匆匆，也空空
018 | 雅鲁藏布江的秋天
019 | 深秋
020 | 青藏高原
021 | 时间
022 | 中秋

023 | 仲秋夜
024 | 九月
025 | 生而为人
026 | 从腰椎间盘突出说起
027 | 不得不说的美好
028 | 冬日的一个早晨
029 | 日渐平常
030 | 重阳
031 | 降温
032 | 假设
033 | 放手
034 | 偏爱
035 | 雅鲁藏布江的冬天
036 | 途经德令哈
037 | 止于仰望

◎ 春风浩荡

041 | 春色
042 | 春天的邀约
043 | 三月，初上十八堂
044 | 春风浩荡
045 | 杏花
047 | 榆叶梅
048 | 茨莉沟
049 | 东甸子梁
050 | 岭南
051 | 榆皮村

053 | 山中
054 | 木命的人
056 | 黑色黄昏
057 | 尖山的春天
058 | 四月
059 | 小情绪
060 | 匆匆
061 | 关于宿命
062 | 初春
063 | 舞者
064 | 练习
065 | 旧事重提
066 | 二月初二
067 | 春寒
068 | 来年三月
069 | 清晨
070 | 倾其所有
071 | 真相
072 | 遗忘
073 | 春天来了
074 | 此时
075 | 春风起时
076 | 对峙
077 | 紫花地丁
078 | 镜面草
079 | 蒲公英
080 | 连翘
081 | 暮春

◎ 以节气的名义

085 | 立春
086 | 雨水
087 | 惊蛰
088 | 春分
089 | 清明
090 | 谷雨
091 | 立夏
092 | 小满
093 | 芒种
094 | 夏至
095 | 小暑
096 | 大暑
097 | 立秋
098 | 处暑
099 | 白露
100 | 秋分
101 | 寒露
102 | 霜降
103 | 立冬
104 | 小雪
105 | 大雪
106 | 冬至
107 | 小寒
108 | 大寒

◎ 我的悲伤来源于一场雨

111 | 暮色四合
112 | 疼痛长满凡心
113 | 与太阳的距离
114 | 噩梦
115 | 如履薄冰
116 | 伤口
117 | 局部
118 | 小记
119 | 美好的场景正在赶来
120 | 夜的回声
121 | 我的悲伤来源于一场雨
122 | 傍晚
123 | 初夏
125 | 潮白河的落日
126 | 空隙
127 | 头痛
128 | 午后
129 | 夜雨
130 | 时过境迁
131 | 生活
133 | 季节河
134 | 秋风提刀
135 | 晚秋
137 | 时间都知道
139 | 西湖龙井
140 | 恰到好处

◎ 月光站上山顶

143 | 母亲
144 | 生日快乐 · 庚子年二月初二
145 | 刘氏小女
146 | 执念
147 | 沮丧
148 | 画师
149 | 虚拟的平行
150 | 塞北的秋天
151 | 小五台山
154 | 飞狐峪
155 | 万年冰洞
156 | 空中草原
157 | 雪绒花
158 | 仲夏夜
159 | 种故乡
160 | 故乡，夕阳以及雪
161 | 拒绝
162 | 兀自叹息
163 | 立冬前，抓住每一寸阳光
164 | 关起门，每一声叹息都沉重
165 | 失语
166 | 雨花台
167 | 等春天再来看你
168 | 拈花湾
169 | 那时

170 | 归去来兮
171 | 大年初一
172 | 大年初三
173 | 大年初四
174 | 喜鹊
175 | 遗憾也那么长
176 | 济南
177 | 听一首纯音乐
179 | 握蓝·声音
180 | 终于等到你
181 | 月光站上山顶

◎ 微澜荡漾

185 | 亲爱的自己
187 | 八月
188 | 夏天的风
189 | 东上碾头
190 | 上寺村的羊
191 | 阁上瀑布
192 | 九月的松树岭
194 | 秋天的空中草原
195 | 野菊花
196 | 往秋天去
198 | 小秋风
199 | 旷野
200 | 秋风浩荡
201 | 秋日弘阔

203 | 释怀
204 | 辛丑年中秋
206 | 我的田野早就杂草丛生
208 | 看起来，没有一点儿痕迹
210 | 北方
211 | 金秋十月
213 | 天空阴霾，依然有鸽子在飞翔
214 | 陈伤
216 | 挟持
217 | 逝
218 | 微澜荡漾
219 | 再见，2021

◎大雾四起，我在无人处爱你◎

大雾四起，我在无人处爱你

秋天交出最后的颜色
叶子却忘了迟早被埋葬的命运
舍命地模仿了一场
又一场雪

至此——
世间再无良药，经年落下的病根
多莫名的矫情

此处轻描淡写即可
你顺手推开冬天的门
就会看到

“大雾四起，我在无人处爱你”

雅砻

1

雅砻河欢快地敲击石头
这亘古的冰川之水
是山南人怀抱扎念琴的弹唱
一曲步步为营，四季生辉

从雅拉香布策马扬鞭
你狂奔的样子，犹如战士
与风齐肩，跑出色彩

你说阅尽牛羊、草色、青稞
穿过我的眼睛，种子落下的地方
就是“藏源山南”

2

历史布满褶皱，细细抚平
众多“第一”，随着第一位赞普纷纷站起
那个大唐女子，春雨般

款款落入心里

3

此后，生根发芽
初长成的脚印走进雅砻
我看到石头撞击石头
额头亲吻土地

4

贡布日神山高举天空
夺目的蔚蓝装满对大海的记忆

海拔四千多米，山路逼仄
植被大胆地躲在
乱石的缝隙里

我这个凡人，抛开目之所及的忧虑
找了一条更接近春天的路
向往高处

5

抬头，就打开了天窗
纯净的蓝底儿开白色的花
像浪，翻滚着铺开
与雅鲁藏布江，与雅砻河日夜痴缠

时雨不负有心人，适时绿了两岸

雅砻，还要多少年
我才能按捺住
脱口而出的倾慕

6
奇迹蓬勃生发
贡嘎机场，泽贡高速，拉林铁路，雅江防护林……

所见处，皆是心花怒放
雅砻的春风，告诉这里
每一个经过的人
序曲打开
将又是一个百年新征程

7
猕猴之子扒开第一块农田的尘埃
还在白日街飞扬着
就此——
农耕没有停止，繁衍没有停止

待格桑花喊醒山坡
牛羊喊醒草原
雨滴喊醒春天

雅砻——

我站上山顶

大声喊出你的名字

西藏

怀揣无垠
无边际地铺上白，不仅仅是白云的白
积雪桀骜不驯，藏在蔚蓝色里
雪峰每跨出一步，孤独又拔高一截

请收留我
哪怕做一颗值夜的星星
每个夜晚来临，就能守护着
一万里的清高

而你，总是低调地收起光芒
在更高处开出雪莲花
在更僻静处
藏羚羊奔跑着拉开距离

对世人从不间断的打探
置身事外，含笑不语

我的西藏

从不怀疑，你占据高处
大手擎起苍穹，多像穿西装的男子
耀眼得一丝不苟

很久不说彼此
我在远方，对着空山喊话
你自胸口升起
任晚风吹落盘踞的浮躁
与被爱恋醒悟的山峰，经年
对饮积雪

借着入夜的灯光，思念
久远而热切——

这本该对爱人的倾慕
在尘世
已不再轻易示人

在高原

你说要抛开杂念，才能
在你万里无垠的身体上
种下心跳，在高原

有人高举火把
有人绘制蓝图
自心蕊涌起的光和热
铺满山河

比起波澜壮阔，比起巨幅篇章
即便我渺小如沙也不觉卑微

爱你，早视为最高修行
二十年，青春远走
唯西藏，写进了生命的脉搏

月亮途经的夜晚

把缺憾凌驾北风之上
肃杀发出了冷笑

不是所有成长都能顺利长大
还有半路夭折的

后来习惯把偶然称作“幸运”
习惯住在壳里，统一口径
高和冷，彼此心照不宣

月亮途经的夜晚
有丝绸的质感
有冰凉的吻痕
有寒霜爬上睫毛
有月光，凝结水晶石上

藏红花

先摘抄花语，看到了快乐与等待
关心和挂念，稍后再对症下药
太多郁结躲躲闪闪
很久没听到血液畅快的欢腾了

你独掌密钥
取七根，开水冲泡
堵塞经久的暗室慢慢
安抚焦躁

从不曾贪婪
活血化瘀，兼具女子的自知之明

你听——
久候不至仿佛已打开
来自臃肿思绪里
一曲轻盈的歌谣

拿日雍措

你是错那的眉心痣
我就是你走失的一粒沙
铺开近六十平方公里的从容
任凭雪山围困

我身无长物，偷偷与你
交换过孤独和伤感
高傲如你，孤勇如你

唯风声膨胀，欲带着
这一湖湛蓝，半湖白云
亡命天涯

风景

多若村。
草莓的味道煽情了整个午后
空气和牧人都在打盹，羊子跑出老远
低头。与草芽亲密交谈

田里劳作的阿佳*，歌声欢快
就像小河里跳跃的阳光

河水日夜不歇，诵读桥头的经文
与风速有最大的默契
带走自己，留下
无限接近的轮回

念青唐古拉山余脉，裸露出
褐红色的皮肤，辽阔着这方
苍茫的守护

我只是路人，生怕车轮声太大
惊扰这一片祥和

* 阿佳：藏语，指妻子。

也匆匆，也空空

选了雅鲁藏布江的水
清洗眼眸、发肤及肠胃
深感世间种种

由此及彼
宏大或者缥缈
为信仰或为果腹

当终有一日苦不再觉苦
筋骨体肤，情仇爱恨
欢喜、孤独、清心
无非自渡苦厄的媒介

众生虚妄
插上意念做翅膀
让所有具象都无形

也匆匆……

也空空……

雅鲁藏布江的秋天

路过泽当时，水流湍急
两岸的山脉，蜂拥着
扑面而来
我一再把心门开启
意欲歌唱，歌颂，歌吟

草木依依，青稞和牛羊各自为营
沙丘此时也不好发作
八月，像极了体态丰腴的美妇
舍弃苍白的形容
成熟的韵味，正脱颖而出

“一切繁华与我无关”
3848公里是一路奔跑着的
你没来过
丈量不出她的辽远

深秋

十月的大太阳高悬头顶
天空澄明，蓝和白有我识得的暖

雅鲁藏布江不分昼夜滋养两岸
衣不遮体，水流平缓
比起上个月，又清瘦了不少

我停下来，风也停下来
沙子搁浅在你裸露的皮肤上

我们不约而同地审视
你放慢脚步、疲惫的样子

青藏高原

冻土，寒风，乌云，连绵不断的山
铺天盖地
雪也是
一切的冷都和空寂密不可分

莫大的空寂
彻底笼罩旷野

只有旷野中的这列火车
带着我们，意欲突围

时间

大风再次抵达雅鲁藏布江后
水鸟的翅膀急匆匆划开了水面
波光粼粼地摇晃

冷峻，被陡然打破的夕阳包裹
红晕滴血，挽留着秋天

落叶在对岸越积越厚，再厚
也阻挡不了寒霜

覆上标签的草木几经挣扎
终于跪倒在零度以下

瑟缩着，抱紧夜深人静
“倔强坚持，对抗时间”

你从梦中归来
“一直倒退，倒退到原点”

中秋

月亮还是那么年轻、明亮
历经弥久地招摇
传说、思念、惆怅
写月亮的诗句也不见衰老
我倒是先沧桑了

人间的树上结满了明晃晃的月光
我借一杯酒的醉意
匆匆低头
避开对它的祈祷和吟诵

仲秋夜

生疏而粗鲁地打开瓶塞
有些辜负拉玛罗莎优雅的石榴红
倒是符合对酒香的饥渴

假装嗜酒的人，看着气泡
自杯底一串串漾上来
又一个个破了
像极了久居心底的期待

仲秋的夜些许微凉
与白天的温差形成断崖
扭头避开虎视眈眈的明月
连打几个喷嚏

以验证——
活着，延绵不绝持续的耐力
和不断地挣扎

九月

九月的太阳很浮夸
习惯抬高身份，冷热交替

九月，天阔地阔水阔
你接过天地的恩赐
也接纳了所有热情之后的薄凉
我却接不住你

久别重逢是刻意的
有人轻轻喟叹——
你看，微风轻薄
阳光穿透树的缝隙
摇晃沮丧，黯然辞别

加上定语的动词都是缺氧的鱼
在爱情的窄巷里
怎么都不合时宜

生而为人

薄暮吐完最后的鲜血
傍晚彻底沉沦了
摇晃着一头扎进风里
叶子应声而落，萧瑟顿起

“生而为人，我很抱歉”
总是在身体不好时怀疑
某年二月初二，子时的啼哭敲错了门
让我至今无法反驳

突变的腰椎于深秋里挣扎
疼痛着扶起心灰意冷
挤进夜晚

从腰椎间盘突出说起

学燕子飞。
仰望超过50° 时，风变得清爽
自眼角眉梢处飞出，就腾空，就凌云
有广阔接着

等扶直了腰杆再开腔
让每一个音节掷地有声
以后就放弃仰卧起坐了
忽略眼及之处的混乱不堪

在深秋，冬天初现端倪
就像人们常常提及的爱情
以大片的落叶掩面遮羞

非黑即白只是传说
西葫芦馅包子掀开高压锅
热气腾腾地说——
吃吧，莫追问青红皂白

不得不说的美好

下午五点的泽当，太阳热烈
天空蓝得没有一点儿心事
安静地辽阔着

只这一点儿不得不说的美好
就足以让人怀揣知足
白日街，静候立冬

冬日的一个早晨

寒霜和黎明醒来
疑问依旧留在梦里

有人在身后大声喊着：我不是故意的
梦突然而至，戛然而止

仿佛有人，为释疑而来
仿佛有人，为释怀而去

仿佛朝阳冲破一道道藩篱
才拥抱上窗户，说
——早安

日渐平常

立冬前后，便与不轻不重的感冒
对峙着，我不吃药，它也不退却
对峙的还有温差，人情冷暖
受委屈的鼻子，平白被拧得发红、脱皮

妥协勉强直立弯曲的腰椎
每天往返医院，对牵引床，银针
生恭敬之心

不再说废话，想说的
选择地说，哪怕是对待疼痛

这让我由衷地庆幸
一些不及出口的抱怨
沉积为厚厚的壳

重阳

到了这个季节，雨已疲惫
天高气爽顺势收获了秋天

苍穹广袤，怀包容之心
海拔3600米，无须再刻意登高
故乡刚刚送走两位亲人
忧伤还在路上

看一眼黄昏，晚霞纷纷抱紧群山
尘世的哀痛太过漫长
迟迟走不进夜晚
找不到落脚的地方

降温

降温，不过一场风雨的事
乌云翻滚着背弃了
昨天的晴朗，这说翻就翻的脸
像极了淤积体内的毒素
它们都善于暗潮汹涌

人心叵测，长袖善舞
2018年也是这样
眼看着秋阳高照，转身之际
不觉已钻入大雪纷飞的局

假设

冬天真正来了，焦虑反而静了下来
一些希望和失望交替的漫长之后
平和，日渐平常
不积极，也不颓废

秋天移植的西红柿
几颗青果很努力地生长
有些期待，它们
会不会哪天长出凡心
一害羞，就红了

放手

冬天送出几场大风后
云凌乱了天空
沙尘凌乱了山头

我不再期待能及时回应的雪
隔着玻璃窗，领悟
太阳最大的善意

一杯蒲公英，一杯菊花茶，一杯沸水泡开的石斛
它们的微苦、甘甜
是人间处处弥漫的滋味
是所有心心念念的对抗

有没有雪都无关紧要了
我放开双手
任你纷纷扬扬

偏爱

金琥、毛海星、金手指、就连芦荟
都相继死去，一个走过夜路的人
碰了很多壁以后，对植物的刺
也望而生畏

更喜欢易活的绿叶花卉，要开花
就像桂花那样，不招摇
密密麻麻、细细碎碎的香

中年以后，更趋向随缘
名利、爱恨、聚散
人生浮华，避开尖锐和锋芒

就像偏爱坐进阳光里
偏爱仔细一杯普洱茶的醇香
偏爱诗句在万物里生长
或赏心悦目，或摇曳生辉

雅鲁藏布江的冬天

江里的水呢
江对面的山呢
云层后边的那个太阳呢

严冬贫瘠啊，独有黄沙
陈铺江岸，和沙尘同行的人
就是浩浩荡荡里一粒尘埃

何处漂泊，何处落定
有时看天意，有时靠摸索

途经德令哈

一觉醒来就是德令哈，相比较西藏
山的气势弱了，雪却越来越多

德令哈的雪像白面
又细又白，密集且绵长
想到海子对姐姐也是如此吧

三九天的戈壁，只有雪
火车是途经的另类
携一身寒气匆匆而过

我凝神静气
绝不忍一丝悲伤的痕迹
加重荒芜这里的空寂

止于仰望

一再写到西藏，写啃着地皮的牛羊
人也一样，气候恶劣
有时
觉得，就是苟且偷生

冬天真的漫长啊
长得都忘记了鸟鸣
它们是怎样喊醒朝阳的
我是如何冲出做着梦的长夜

贡布日神山一如既往的
冷峻，止于仰望

住了十年的白日街只是其一
只有泽当飘起漫天大雪，我才能
与举目皆白的雪峰
难分彼此

◎春风浩荡◎

春色

春天只是刚打开模板
江南便入画了

北方素来沉稳
解开冰冻的禁锢，才集中精力
招兵买马，一片又一片
有待整理的荒芜开始松口
有时以漫天黄沙为证，大有
千军万马奔来之势

风走南闯北，依旧顽皮
不过与三月打了个赌
飞鸟衔水的鸣叫
就湿透了壶流河的脚面

一浪接着一浪
波光粼粼地簇拥天空

春天的邀约

“庭树不知人去尽，春来还发旧时花。”

有瞬时的恍惚
而早晨果断收起我的悲伤
目之所及，多种树木开始发芽
娇嫩和新生，覆满了庭院

鸟雀更大声地歌唱
根本分不清哪是麻雀，哪是云雀

如此盛况
我终于放下对寒冷的戒备
怀揣蝴蝶，去往更广阔的春天

春风和煦，轻柔地撩起发丝
多么令人宽慰

三月，初上十八堂

风太快
我动用了半个春天，才不过撵上
它一个回眸

山风猎猎，自带寒威
一路向上攀爬，莲花山也在大口喘气
跟着友人背包上的铃铛蜿蜒迂回
构思一路诗句，激励
每一步的竭尽全力

看到躲在凌乱枯黄之下的小草
才恍然大悟
久病初愈后的小确幸
尽可交给这些毛茸茸的精灵和第一场春雨

十八堂，近在眼前
恐高的人止步鹰翅桥
最终也没敢一较高下

春风浩荡

好多的春风啊，翠屏山
大雪落在春分，整整一天一夜
毛毛躁躁的人热血沸腾
迫不及待想知道，会是谁
最先让你苏醒，春风浩荡
引领我们
深一脚浅一脚走在雪地

温暖来得不动声色
雪在快速融化
小草贴着地皮长出山坡
土壤松软无比

让我又一次相信
越是不易察觉的
越是有根植的深刻
比如思念和遗忘

杏花

至此，我再不说杏花
身世苦寒，只要天气给好脸色
再贫瘠的土地，再远离尘嚣的深山
她们都能让四月没有抱怨

粉色和白色的花朵抱团簇拥枝头
犹如北方女子那般
率真，愤世嫉俗，且性格刚烈

至此，我才懂了
是倒春寒惯用手段
出尔反尔，常指使冷雨散布谣言

杏花不善迂回
一树树开得大义凛然
随时
准备，以命搏命

这极致的性格
真像受了气的小媳妇
又像爱闹脾气的小姑娘

凡此种种，无非
就是，轮回路上落个清清白白的名声

榆叶梅

我更偏爱小桃红这个别名
一听，就是个角儿

春天这只大手，终于点燃了北方
瞧这一丛丛粉色的烈焰，正如火如荼

北方的春天啊，是悄悄来的
草偷偷地绿，花偷偷地开

北方的人啊
看春风一趟一趟置换人间
心思摇曳得，比花儿还欢快

茨莉沟

没想象的远
也有没想象到的山
连绵起伏下
隐藏的杏花、院落、荒草
不动声色泄露了旧日烟火和繁茂

唯有季节，对谁都没有怠慢之心
偶遇路边的寒冰
仿佛一头巨兽横呈初夏
它正满怀信心
叮咚成新的溪流

远古和质朴都太突然
让我格外多了敬畏
加了小心

东甸子梁

五月初，是早了些
海拔1850米，还看不到如屏的草甸
只有风力发电机的大翅膀
举着山川最原始的风

我将顺势抛出的浮躁归还人间
缄默积郁良久，早形成顽疾
幸亏这推波助澜的风声
也助了我一臂之力

俗世红尘
难免会偶尔敷衍
偶尔装聋作哑

岭南

岭南多杜鹃
你就放眼看吧
一坡一坡的粉红色
长满了少女心

花前花后，最不缺女人
哪怕是美颜相机借来的青春
也要抢着与花合影

唯独我还多了好奇
轻碰荨麻，深刻的刺痛感
或许就此为多年恶疾
备下了良药

榆皮村

1

再往前走一段吧
山路何止十八弯
165公里，就抵达了世外

2

蔚县最南端的山村
有亚热带的潮湿

你听，洪亮的犬吠
刚一开口，全村就沸腾了
喜鹊、公鸡、母鸡、大白鹅
都扑腾着翅膀欢叫

3

所有人学着路向上攀爬
只有被安逸

禁锢在钢筋水泥太久的人
才对45° 的坡路一再担忧

4
穿着桃花一样艳丽的老人
笑颜如花招呼每个人
我忽然就成了不经世事的孩子
对着老屋发呆

5
淳朴、梦幻和真实
在这里毫不设防
就像排列屋顶的石片一样
彼此默契而自然

6
在榆皮村，对着层峦叠嶂
我放下戒备
并多次尝试婴儿吐纳

山中

盘山而上，总是脱口而出：
山那边是什么

“空山不见人”，也罕见人语响
九九八十一弯
歪着脖子的青松立于村外
不知为师是否进了深山

我尚有疑问，只能
以“形色”和“度娘”潦草验证

地黄、牛蒡、荨麻、委陵菜……
十草九药

大山有灵性
花草长出了菩萨心肠
委身山野，舍己救人

木命的人

春风来来去去
大南山的杏花开了
大北山的也开了

并没有过多招摇
只是俏丽地往山坡上一站
我就坐不住了
寂寞搁置一旁，已被忽略很久

心无旁骛的人
从不信命，太复杂难解的
我都无暇顾及
也就某个夜半对愁眠的时辰，顺手
把自己安置在“木”字上

四笔的木，横竖撇捺，不紧不慢
够春风来来去去好几趟

我伸伸懒腰

便又活过来了

黑色黄昏

我走入又一条街道
敲开脚下每一块地砖询问
摆脱朔风的路径

高贵的灵魂
没有像现在这么渴望人潮
口罩从一张脸戴上另一张脸
恐慌快速扩散

在前方
鸟群振翅追赶着天空

尖山的春天

山中雾大，尖山
还没想好以什么方式首秀
春风就在不断催促了

大片的桦树林显然还未成年
褐色的皮肤却裸露着担当
这是成年男子的标志
守护和抵御已不动声色

蒲公英与蕨麻
不管不顾，于路边比赛着招摇
枯草越发慌乱，疾步追赶羊群

牧羊人登高一呼
几声响鞭
就统领了整片山头

四月

还是没学会取悦
杏花在寒雨里微微张口
难掩五味杂陈

眼泪分明更多
疾风也奈何不了的痛楚
纵深处，草木之心还给天空和大地

以大江南北
祭奠这个春天
仓促走失的人群

小情绪

从不会隐藏，黯然的
如同长满了尘土的旧报纸
轻轻一翻
沮丧纷纷扬扬

像记忆找回了翅膀
所有好的坏的肆意横行

快乐和忧伤一样
不好把控

此时正一点点抽离
不分昼夜地衰老

匆匆

春风打开三月，忘了铺垫
后海的流水和冰冻日夜撕扯
我游手好闲，苟且于时间的缝隙
与北京胡同，没话找话

练习了一个冬天的哑语
总是在说与不说之间发挥失常
一边给自己道歉，一边
埋首惦念

还没出正月，生日便碍眼地
从日历跳出来，引咎
惶惑不安

关于宿命

那些睁眼闭眼的情节，怎么躲
也躲不过隐匿的枷锁

困住自己的人，不敢提及月光
明亮的事物善于呈贡罪证
逃无可逃的恐慌，在子时
又摸到新生的白发

当寒风再次抡起鞭子
跌落枝头的叶子
才想到拒绝

却已是
无枝可依

初春

碰碰香轻轻一碰，娇躯摇曳的芳香
施了魔法般清新雅致
想到纤弱的女子，形形色色里
以善意滋养纯真

北风吹落又一个黄昏
簇拥的寒意蜂拥而至
而惦记了一个冬天的雪
终是没来

水仙花直至开到荼靡
才想到落寞
至此，再不用形容词

相差的，只是一个意念
聚集阳台所有的绿
方可直达春天

舞者

语言是多余的
轻盈和柔韧，是你赋予
肢体的通行证

微风和颜悦色
挽起群星的手臂
舞一地清晖

太阳只要打开聚光灯
你就是主角
簇拥的念头刚生，已摇曳了一曲
春天的乐章

练习

春风沿着京拉线跑了一百公里
在桑干河上打了个转，便悻悻离开

冰封了一个冬天的河面
绝非一日之功

所过之处
枯草波浪状此起彼伏

我也尝试模仿风
碾压着向前

旧事重提

面色愈发苍白，一声声
咳出致命的虚弱

你倒是看哪，我全部的山河
都是因你沉淀的情绪

身不由己深陷
旧疾汹涌

可是春天已来，请
收起忧郁

给阴霾让条路，允许光
明媚地进来

二月初二

春风卖力许久，拿刀子
剖开枝头的料峭
塞北的春天着冬装，裹一层厚厚的壳
还在踟蹰

就如我，端起一杯红酒
装模作样跟自己攀谈

爬上腮边的红晕
已分外招摇，以为
醉了，惆怅就会和盘托出

对于不胜酒力的人，与酒做不了知己
二月初二，那夜子时的三声啼哭
已命定——
一世为人，半生渡己

春寒

下了一天蒙蒙细雨
今天索性下雪了

一个冬天攒足的劲儿
通通给了春天

姑且放下吧
我知道你心里憋屈

这不管不顾的倾泻，多像我
正在寻找的出口

来年三月

好像真的这么快就来了
而并没有谁，懂等待的煎熬

一棵会开花的树，每个音节
都住着待渡的灵魂
重复周而复始

说过的话，走过的路
像梦——
花开花落，拴成死结

我是背负忧伤的罪人
透过玻璃窗
春风又一次参悟
三月的谎言

清晨

每天呼呼的大风告诉我
塞北的春天尚在料峭里挣扎

紫色的土豆花开了一朵
掘土而出的薄荷苗又挤出几根
大花马齿苋是去年秋天随手
把花籽撒进花盆的

抓几把阳光放在阳台上
生机盎然，越发让人感动

愈是弱小，愈容易心生怜惜
这大概源于我自身的
普通和渺小

倾其所有

夜晚气势恢宏，辽阔又无边地包容
好似一场鸿门宴，风决绝地拉起上弦月
跳进三月的河里，月光破碎
河水苍凉不安

桃花妖娆他乡，芬芳的气息
若隐若现，我像个局外人
急切而慌乱，倾其所有
没抓住一片月华

深陷黑暗里的脚
难以自拔

真相

再次浮出水面后
三月的悲伤同万物一起生长
失眠是经常的事
焦虑住在夜晚，辗转反侧
越来越多

眼睛里水质的黑，和堵在心上的一样
透明而坚硬，幽幽地叹息

半声对着空荡荡的房间
半声长出翅膀，补黑夜的窟窿

遗忘

上天有慈悲之心
以四季轮回交替暗示
“色即是空，空即是色”

有心机的人
高深莫测得像不见天日的暗河
我这个服了大剂量黄连的哑巴
在春天的起伏不定里，终于
幡然醒悟——
万千纠结，不如放下

春天来了

大地饥渴太久，春天过半
雨水才畅快淋漓，一天一夜
许诺的通透，焦虑终于放下

你看，天空积蓄的能量，刚返青的柳树
阳台上新长出的葱茏，就连日日奔跑的风
都有菩萨一样的善意

穿了春天的颜色去看壶流河
波澜，辽阔，闪烁着白金般的光

水溶万物
我微笑着上前
和解的路径若隐若现

此时

柳树着浅绿新衣，自高处
一丝不苟，条条脉络清晰

一进四月，风不再匆忙奔跑
塞北的天空就是天使，天高云阔，湛蓝永恒

流云拿起画笔，轻而易举地捕捉
每个眼神都跳动着火

春风起时

在山南，有雅鲁藏布江、雅砻河
春风起时，河谷春意初现

老家缺水，溪流私自篡改流向
只有壶流河水库，尚能掀起波澜

她们一样，三月难产
土地依次解开衣衫
在风声里，呼啸着起起伏伏

落在水上的干渴日趋焦灼
草木不动声色
便痛了整个春天

对峙

暮春的风再大
也有虚张声势的嫌疑
甚至是宠溺

蒲公英、芨芨草、紫花地丁
看似挣扎，却不示弱
一个个倔强着，争夺春光

这些春天的小精灵
你与风共舞的样子
不止我看到了

紫花地丁

只要肯弯下身子
土地总给人惊喜
紫花地丁就是这样

春天万物生发，熬夜之人
肝郁气滞，也易怒
你小心着点儿，别惹我急躁

一腔火气在右耳后岌岌可危
兵临城下的戾气
经过朝阳时，被紫霞仙子
一招化解

这精灵古怪的小妖精
仅一个对视
就住进了心里

镜面草

你努力向上的样子真美
果然有明镜的效果
看我，拖一副病体
线条粗糙
怎么都模仿不出叶子的娇嫩

蒲公英

总是想到你撑起
降落伞一样的翅膀
起飞的样子
其实你最迷恋的
是土地

我迷恋你
源于目睹一次花开

有人最拿手的
是惹人红了双眼
还怀揣无辜
而你，将苦涩浸泡水中
专解夸张放大的郁阻

连翘

连翘怒放时，把内心的积郁
一并拿出来
借四月的一场雨辨认病灶

心绪跌宕，雨多半是柔和的
羁绊了太久的毒素
起伏难安，是时候
清热解毒，消肿散结了

抓两把枸杞做药引
养肝明目，安神

枕着健忘入梦的人
才能偷了浮生

暮春

我要的不多，27°
骑车三十一公里
只为去一面水里扶正身影

坐太阳下吃四个圈
轻描淡写眼前的辽阔
学水鸟腾空
幸福笨拙得就像是爱情

死心塌地送走了夕阳
依旧贪恋晚霞没散去的红晕
我们都不是一时兴起

水起褶皱，怎狠得下心
独自离去

◎以节气的名义◎

立春

念及此，水仙花一夜间
便踌躇了满盆的花朵
出挑得，仿若深闺里的女子
刚脱下整个冬天的束缚

我就是此时读懂了楚楚动人
迫不及待，去往春风十里

雨水

雨水已至，却写不出
只言片语滋润人间

病毒依然隐匿行踪
我们习惯了口罩
习惯了一天天禁足室内
却适应不了数字制造的疼痛

第26天了
每天执着于琐事，避开内心的担忧
以各种食物，拙劣地填充
藏身空虚，并恐惧着

这个生了病的春天啊
连风里都是刺鼻的味道
我们凝声屏气，小心呼吸

惊蛰

塞北的春天盛产风
习以为常的人也不免惊讶
这么大的动静，你就听吧

树木是第一批听风者
偷偷伸展几次腰身，就暗含新绿
河水潮湿了眼眶，波澜着
溢上岸边，原野不再咬紧牙关
一片片，意欲破土而出

喜鹊是报喜鸟，把这些好消息
传递给每个居家禁足的人

这圆润生动的大嗓门
像极了这片土地的父老乡亲
有什么从不藏着掖着
对你好也是这样

春分

风在雅砻河掉头，在下个拐弯处
水入雅江，倒春寒从雪山更深处赶来
但不影响一岸桃花灼灼
急于爬上枝头的，还有歇脚的鸟雀
几声鸣唱
春季，一分为二

清明

今天，允许自己躺一天
就像父亲母亲
在地下一样地躺着
就像小时候赖床，母亲一遍遍喊我
假装睡着一样地躺着

我们都不说话
平行地感知彼此
我尽可能轻地翻看童年
以免笨手笨脚打翻了思念

原谅我，人到中年
又染上了沉默寡言
有时，避开人群就避开了忧伤
我不用开口，风全知道

谷雨

塞北苦寒
土地还是不肯松口
布谷鸟仗着一副好嗓子
四处讨要说法

杏花向来胆怯
背负满身冤屈，拿命逃命
你就看吧，房前屋后，荒郊野外
到处散落着她的小身板

怨不得风声逼迫
壶流河至今
没留住一场像样的春雨
万顷薄田
怎敢轻易允诺

立夏

上午十点，温度缓慢爬升
12℃时，寒湿之气顺着叶片直达根部
影子掉进明亮的光里
才幡然醒悟

遵循自然界的法则
说万物就此长大，越来越多的成长
问候中年女人的窘迫
女儿懵懂，梦想一如既往地绮丽

我仔细着，小心措辞
生怕对她的絮叨
也喋喋不休地长大

小满

春风仿佛还未言尽
刚开头的书信就被丢在了四月

这么心急火燎
确信是有了新的邀约

香花槐在一周前就开始着浓妆
开得尽兴时

簇拥的玫红像极了
一个美人最好的时光

凡是路过的人
都不免多看几眼

芒种

别人的麦子昂首田间，高谈阔论时
塞北的旷野才一副幼儿模样
谈论成熟还为时尚早

雷声惯用套路
常丢下一纸空文，便扬长而去
狂风借机生事
不怀好意地大吵大闹

雨水怯懦，还没哭出声来
就被迫裹进沙尘里
落荒而逃

心如明镜的人谁不心怀忐忑
一分耕耘一分收获
也可能，是堂而皇之
被摆上台面的谎言

夏至

每天长衣长裙，出门带外套，午睡盖薄毯
日子如常——
备一日两餐，不紧不慢

太阳一路北行，集中所有威力
也没突破28℃，以至于忽略
变得理所当然

黄昏拖延至九点十分
逐渐暗下来，意犹未尽地
拽着余晖的尾巴踩上
白日街的灯光

小暑

雷声未落，大雨又一次冲进阳台
窗户慌乱之中留住
仓皇的鸟鸣

大雨点子“砰砰”砸在玻璃上
我担心这几粒鸣叫不能
及时回到鸟雀的喉咙

得尽快放它们出去
真怕丢失了声音的鸟
会成了惊弓之鸟
会变得像我一样怯懦

大暑

刚刚与烈日擦肩而过，雨就来了
我不关窗，再大，也放你进来

绿萝伸开叶片，临窗
接过雨水，就像接过我
没被雨淋的小确幸

几只麻雀跳上窗台，焦急地张望
大暑当热，我就算硬起心肠
也挡不住，几声受惊的鸟鸣
凉凉地，落在心上

立秋

依然是鸟儿口衔晨露
叫醒黎明

塞北的清风像个半仙
掐指算好了，与立秋同时抵达
窗纱一动，雨也来了

要忽略窗外盈盈而至的叶子
渐次发黄的草坪
怕你落寞
秋风还捎来了即将丰收的消息

处暑

被乌云压低的天空，压抑、克制
好像深深吸口气就会猝死

骤起的大风，来得丧心病狂
跟雷声一样暴力
嘶鸣着
咬住八月的尾巴

幸好闪电撕开的口子
带有慈悲，无意中
解救了黄昏

我长长舒一口气
扶住被粉碎的雨，仓皇
逃入夜晚

白露

蝉声寥落。
高一声低一声，疲惫地
爬上十七楼的窗口
“在迟缓麻木的记忆上，划出细纹”

夜空举高的月亮却正年轻
这是个晴朗的夜晚

子时过后，残梦逃离
与明月印证了脱节的情景
才蓦然发现，早已
旧梦难续

秋分

原来，昨天黑了半个天空的雷声
是有备而来的

再不用提着一颗心
守候雨过天晴了
凭一个日子，将恐慌隔断

至此。
一杯暖茶半盏残酒
在寒凉里等你
慢慢冷却
以偿还
无以为继的亏欠

没什么好与不好
“回首向来萧瑟处，归去，也无风雨也无晴”

寒露

雨落下来的时候
胃痛的每一分钟
都像路过了几百个天黑

我默默吃下一粒“奥美拉唑”
意图明显

天空永远趾高气扬
凄清没了藏身之处
剪碎的云影
放下是非
译出一些卑微的对话

霜降

夜幕是一把带齿的大锯
月光越来越碎，凌晨两点
经年失修的词语困在牢笼里
不知何去何从

回不去当初的人，与时间相依为命
霜降日，忽略医嘱
持熊熊大火，燃烧了夜晚

新词越来越旧，旧歌越来越远
紧抱莫名，遁入黑暗

立冬

又是半宿无眠，醒来时
凌晨三点零六分
这就冬天了

就如此时的温度
低迷，充斥着整个后半夜

辗转反侧来第一声鸟鸣
清晨也醒了
我发出今冬第一个问候

如果你正巧醒来
“早安，保重”，是今天
我最温暖的指令

小雪

就从温度说起吧
16℃，这善解人意的温暖
正以天空的辽阔铺开
大幅的蓝，足够忽略光秃秃的山坡

若无其事地谈论
海拔，减肥，星座，脱发
虚荣与自尊
不再急于倾诉和辩解

许久已是过去，唯独离开闭口不言
正如我，习惯把悲伤藏在深夜
–2℃，刚好冻结不宜拿到阳光下暴晒的情节
可以说再见，也可以再也不见

大雪

借着分开路口的风，拢紧衣领
白日街的伤感和阳光一样分明

额头的纹路早已深刻了走向
这一条最长的街，十年
挫败与成就，恍惚如梦

我只是埋头光阴里的行人
青丝挽着白发互道珍重

大雪日，怀抱剩余的念想
来历不明的冷和下落不明的雪
自有时间的碎屑纷纷扬扬
倾泻，抑或掩埋

冬至

一望无边的晴空
和风中的阴冷
无不是大千的常态

怀揣心事的人，攥紧过往
由不得模棱两可设置界限
言不由衷，竟成了最后的赌徒

以冬至为限，对抗时间
夕阳最后一遍祷告，最仓促的白天
就掉进了最深的埋伏，夜晚
借着寒光续命

说到羞愧
你说见证过“陌生到熟悉，越来越近的前方”
而丢了赌资的人，却还原不了
“熟悉到陌生，越来越远的归途”

小寒

腊月的风声很紧，吹着口哨的呼啸
排山倒海地来了，又去了

远方，远方——
是自己以外的不能抵达
是埋在纸上的久候不至

沉默逐渐形成，希望和失望
都绝口不再提起

就连纸张一样洁白的雪
也学会了默契
不动声色地守口如瓶

大寒

没什么可担忧的
将腊月的风
往紧收收，冰雪退后半步
严寒就过去了

你的到来，就像希望登临
水仙花早就急不可耐了
火苗一样盛开

我喜欢推波助澜
给冷冽加上热火朝天做偏旁
描描眉，画画眼，打上腮红
辞旧迎新

坚冰破裂之前
再坚持一下
我仿佛已听到春天敲门的声响

◎我的悲伤来源于一场雨◎

暮色四合

忧虑竭力探出头去
窗外万家灯火
是风裹挟霾的味道，是寂静和空

身体从内部打出信号灯
低落，多疑，局促不安
所有症状都符合暗疾

依靠药物唤起记忆
梦境隐约
偶见旧时情景

疼痛长满凡心

别人的迎春花开了
樱花、杏花、梨花开了
就连桃花也朱唇未启，腮已先红

而我的蔚州，总比别人慢一步
蜗居在冬天的梦里迟迟不醒

冷锋过境，只有你才懂
倒春寒是持刀的战士

可我还是很乐意
站进旷野里，任凭春风凌迟
每一刀都通向大彻大悟

疼痛长满凡心
止不住地蜂拥而来

与太阳的距离

抛开只手遮天
与太阳
就不会遭遇荆棘，藩篱，沟壑
就没有厚厚的墙

抛开虚张声势
就会有一扇窗
清风、鸟鸣，飞翔的翅膀

天宽地阔
尽可盛放内心的喧嚣
和人间的繁茂

噩梦

黎明时
夜开始收拢
就像收拢翅膀一样
收拢一些走失在黑暗的羽毛

我也借着晨光梳理
惶恐长了翅膀
一到夜晚，就纷纷乱飞

如今，天色大亮
我却深陷其中
谁都不敢惊动

如履薄冰

悬崖，深涧，窄桥
眩晕的落差，难以企及的高度
我永远是那个惊弓之鸟

记忆，深刻情景
想起来
缺乏安全感的人总是
身不由己地，如履薄冰

模仿游荡的灵魂
待鸡鸣三声
方可，尘埃落定

梦境内外，举步维艰
有亮了一夜的台灯为证
灯光，成了唯一指引的路径

伤口

时间并不是良药
既治愈不了心灵，也抚平不了伤疤

那些逐渐模糊的伤口
不过是施了麻醉术的假象

当镜子里越来越多的白发
说出真相时
疼痛是摸得到的

局部

不断掉进深渊的底部
不断攀缘
也不断徒劳

噩梦周而复始
借口蜜腹剑，统一了口径
陡峭的绝壁
被困住的影子

无一不在兜兜转转
僵持不下

小记

雨后的清新很霸道
口罩也挡不住的气势
确切地说是久违
就像小时候水果糖的味道
丝丝缕缕，甜腻地偷袭

被禁闭得太久了
还得继续忍耐
阴暗见不得光，却天性好赌
多的是长了千里眼顺风耳的人
好消息会越来越多

绝不口是心非
我今天穿卫衣、工装裤、帆布鞋
还有很多美好值得期待

美好的场景正在赶来

三月，河该开了
对病毒的恐惧依然
与紧闭的房门保持默契
每天叫醒清晨的鸽子
“咕咕咕”地也叫醒了我

这声音具有召唤的魔力
让人开始不安于室内的几盆绿植

你看，窗外
努力拱出地面的草芽，调皮地
给大地打上了一块块补丁
这些欢呼雀跃又崭新的小孩
与冬天想象的一般无二

春风冲在前面
美好的场景正在赶来

夜的回声

不过是轻拉了一下子时的手
就变得于心不忍
越寂静，越想扒拉点儿鲜活的迹象

黑是主宰，能清晰地
认出光、亮、洁净
和白

痛感尤其惭愧，是忌讳加了备注的部分
必须找个理由说服

夜于是大声朗读——
“只要还有灯光彻夜不眠
温暖，就有迹可循”

我的悲伤来源于一场雨

我的悲伤来源于一场雨
就像李白看到月亮

这种细微到破灭的情绪
很难理清
即使接过雨水
潮湿长进钢筋水泥和骨头缝时
伤感也会变得坚硬

难过的句子正在路上
要检阅子时以后
要尽收雨声

雨啊，润物无声吧
别再一下紧似一下地敲打了
那一颗颗破碎
都自最疼处来

傍晚

越靠近山脊，夕阳跑得越快
晚来的风加大步伐，也没赶上
最后一面，凉下来的水依然激烈
绝望地拍打堤岸

良善的女子不善谎言
上前一步
与地平线对峙良久
相顾无言

初夏

飞机划出好看的弧线，天空瞬时恩怨分明
春天的花谢了，夏天的又紧跟着
焰火般四处招摇，我伸出又缩回的手
微微局促不安

男歌手低声部略含忧伤
“再见某人，喝醉的黄昏。
再见某人，来不及告别的清晨。”

仔细擦拭白色运动鞋的灰尘
然后坐下来
细品咖啡的微苦与醇香
间或有路过的风，风从东南来
像发梢竖起耳语，愈发轻柔

一只鸽子挺胸从窗前
信步走过，偶尔扭头

看我，好像

看一个客居的陌生人

潮白河的落日

与岸边的人比赛着
钓鱼，遛狗，吹晚来的风

五月的潮白河是谦谦君子
垂柳低眉颔首，扭着纤纤细腰
梳洗娇容，但见几分羞涩
轻抚水面

落日晃悠几下
失神掉进了树林

空隙

静音，关闭所有消息，一个人在燕郊
等明天起飞
打开五楼的窗户，清新和明亮
蜂拥而至，我满怀感激
躺着，听鸟啼鸣

而明天的高反无可避免
就像一些事
允许不允许，都会跳出来

我早就学会了按捺

头痛

很久没有联系，以至于我都忘了
还有你这个敌人
一万只蚂蚁熙熙攘攘
呈破壳而出之势

我闭起眼睛感知你
十万大军的突袭和围追堵截
毁灭性地
流窜、撕扯、践踏、打斗

忍无可忍的，我都忍了
却还要感谢你死皮赖脸不离不弃
你提醒我，生命
除了需要阳光和爱
还有不断地挣扎

午后

天空一如既往，空旷着盛大的蓝
堆砌山头的白云，和我一样
放大懒散

高原不困于高温，沙发上的人
轻而易举抱紧薄毯，抱紧
寡言少语

穿堂风自由穿梭
保温杯里的水温润了午后
相对于沉默
我向来都是孤军奋战

发财树不动声色地起死回生了
却没有顺手给我一块跳板
跳出疲惫

夜雨

夜雨突袭，关了灯
静静地听

几千里排兵布阵，经久、恢宏
噼里啪啦战鼓般响亮
尘埃被洗濯一空，心上的也是

雨是带刃的利器
剖开新鲜的夜才发现
旧疾暗涌

我一手经办了口是心非
喝下药之后，在雨里
却不攻自破

时过境迁

睡眠走失的夜，雨得到赦免般
下得格外响亮，好似战场上
行走在耳膜的鼓点，密集又欢实
每一声都算数

我怀抱了傍晚灌满白日街的风
像抱着十万个万马奔腾
避不开搏杀，就避重就轻
拾些乃东路，湖南路，安徽大道
槐树和女贞子弥散的花香

以期漫长的后半夜
早些时过境迁

生活

七十九平方米的周转房，在海拔3600米
花草葱郁，与我
相互关照，相互成全

发财树起死回生
月桂一直在花开花谢间次第开放
绿萝、水竹、君子兰、蟹爪兰、鹅掌柴、令箭荷花、朱顶红……
都像放暑假的女儿一样热烈

她们都是制造氧气的因子
尽管唠叨女儿不关注生活
却羡慕她一边追剧
一边“嗯、哦”敷衍大人的对话
可以理所当然地冷水煮饺子
还一边狂吃，一边像赵四触电一样
跟着音乐“鬼跳”

羡慕她，有母亲包容
而她的母亲
早把自己过成了一个
循规蹈矩的妇人

季节河

强大的水流冲击河床、堤岸
涨落间，泥沙沉淀
河水热泪盈眶
晶莹着向前

7月8月，雨水充沛
赋予了人间最旺盛的生命力

两岸的草木、青稞、牛羊
满怀成就，等待
日益丰满的收割声

秋风提刀

上弦月勾出一地清晖
夜色寒凉，秋风提着刀
斩落花，斩流水，斩一片片哀鸣

秋天的叶子在叫疼
城市，街道，灯火，和一个名字
在叫疼

天气阴阴晴晴
就重阳了
不行，不往前走了
我怕遇上冬天的白
一眼就看透
躲在棉衣下的落寞

晚秋

1

说草木一春
是只看到枝叶光鲜
却不知为了生长
根须，曾怎样孤独地
伸向地下的黑暗

南方人说受不了北方秋冬的凄美
那是你没见过金秋

只有霜冻大地
田野苍茫茫地说一声“走你”
齐刷刷地
该红的红，该黄的黄
秋，才真的熟了

2

熟透的秋色在西去四十里
择晴天，率一群清风
骑行乡间小路
颠簸的路面
竟像模仿了前半生坎坷的道具

人过中年，多了喟叹
田野里的玉米和芦苇几经风霜
都是草莽英雄
免不得被秋后问斩
只是一个被招安，归顺了粮仓
一个野性难改，继续漫野荒芜

就像众多被颠倒了的人生
只能说
万物自有去向

3

农庄外的杨树林
仿佛秋天高举的理想
从枝头到地上
层层堆积

时间都知道

愈久，愈质疑，愈觉得遥远和虚幻
抑或只是镜花水月

具象和意象
仿若贯穿整个冬天的雾霾
深一脚浅一脚的，扑朔迷离

大雪耽在空中
风语者半途而废
“为什么只是途经”
“为什么不是躬身就能打捞的月色”

想着不明所以
想着不知所踪
想着茫然无措

无力反驳，叹息

已成为吐纳的一部分
相互厌倦，又
相互妥协

西湖龙井

没去过杭州，就先取高原水
清澈而纯净地，泡一个杯中西湖

开水才倒入一半，叶片就徐徐舒展
青翠的色泽，仿佛瞬间打开了群山

茶峰聚拢，雾岚清新，香郁一次次
挑衅般扇动鼻翼，不用大口喘息
便如沐春风

一杯喝下来，唇齿间
已仿佛往复回旋了
一个春天

恰到好处

迅速舒展的叶片，在玻璃杯里，在紫砂壶里
上下翻飞，多像身不由己的人

我把我放置在这么大的天地间
惶惶、惑惑，磕磕、绊绊
已是中年

中年的姿态，得尝试放下
恩怨和功利，得和风细雨
越从容，越包容，越像茶

而喝茶，须坐下来
清心细品，久了，也就慢慢悟出
茶是君子，却更懂借势

清香或醇厚，借
恰到好处的水温
才是成全

◎月光站上山顶◎

母亲

你的一生，没数到五十
一场暴雨草率
掩埋，西坡头
在院子里就能一眼望到

传说凤凰落脚的地方
方圆几十里地势最高

你终于，可以站在高处
俯视四季，终于甩手抛下
与人间的叫阵

生日快乐·庚子年二月初二

承蒙不弃
又虚长一岁

我的心不大，大了，有时恐忘乎所以
也不能太小，太小，还不够装下这一个冬天
落下的雪花

我只想简单，再简单点儿
所有事物一分为二
爱是爱，恨是不屑

一半用来盛放阳光
一半留给阴影安身立命

刘氏小女

祖上的荣耀和辉煌
已远走历史

说无常，世间风浪太大
断了翅膀的不是天使
情痴福薄之人，笔墨早夭
终究没写出有力的一笔

骨头里的骄傲不肯屈服
却空抱缺憾
执钝刀，自裁执念
享年不详

执念

寒冷把虚弱推了一把
如果再用点儿力，病根就出来了

和失眠多梦积压的黑
就这样一直对峙着，眼睛里的空洞，心上的冰
一直对峙的，还有暗涌的火焰，无处安放的不知所措
这些相互妥协，这些矛盾又对立的黑白

只有执念恒久，说健康，说归来
说守候远方，说抑郁成疾

沮丧

秋意阑珊时
云层压到最低

秋天就是这样任性，一阵风就变了脸
叶子飘零，犹如一艘艘
漂泊不定的小船
靠不了岸

我把雨水写成最长的句子
把自己，放进雨中

画师

乌云，北风和暴雨
同时抵达

自从立秋，有一片云
驮着你的消息，天天下雨

我把自己固定在沙发上
泡一杯花茶，看几行诗

悠闲的姿态是可以模仿的
安慰也是。只有隐忧
在雷声里忽远忽近

我模仿画师，又有一片草木
在雨水里返青，开
艳丽的花

虚拟的平行

从早上，舞台就已搭好
夜幕降临，雨也没来
远远的，雷声沉闷
像极了懈怠的鼓点

最后的炎热，被关在云上
大雨，落在别处

多像满怀期待的泡沫
拼尽全力，却爆了

就想到平行宇宙
就想虚拟一个城市
那里风调雨顺，气候宜人
我轻声说：嗨

那个我
或惊讶，或惊喜

塞北的秋天

塞北的秋天
刮一阵风
你就知道了

天空阴霾
借着立秋的端口
大哭几场，那些

跌进山谷，河流，草木，泥土
也跌进夜晚和黎明的情绪
齐声呜咽

一些焦虑
沿着播种时的担忧
一路跟过来

小五台山

1

一上山
陡峭扑面而来
善做的云，风做的冷
扑面而来
越往上，秋越深
红一座山峰，又黄一座山峰

2

山泉清透
一眼，看尽心事
每“哗啦”一声
就清洗一个路过的魂灵

我不藏不躲
把牵念尽数放入水中

3

算不得熟客
时隔七年，再次拾级而上
每一步都谨慎

一线天依然阴冷
太阳却有大慈悲
头顶倾泻的七彩霞光
恰好撞进探寻的眼中

藏起一些感激
心头有泪，喑哑哽喉
是否有消息正在路上

4

还是没有爬到最高处
怕登高远眺，看到走过的路
不堪太多，也没有走到佛前
心思纷杂，恐难为
“有求必应”

留半步退路
好下山

5

风中听经的万物生灵

耳畔佛音袅袅

阶前尚有余生

蝴蝶呵

你慢慢聚拢翅膀

我缓缓放下膝盖

一念三千

飞狐峪

山峰奇异，鬼斧神工
七十二道弯，蜿蜒四十里
曲别针一样连接
太行山，燕山，恒山

别追问后羿的箭去了哪里
只看那一大一小两个箭孔
一头洞天，一头洞察人间

“一炷香”是佛，不问岁月恒久
我也有慈悲，带琐事烦忧穿峪而过

你看哪
一线天拨云见日，拂尘明心
百转千回的敞亮

怀感激回首
佛已隐去

万年冰洞

寒冰已不见，只剩下山洞
空守一个名号

自壁缝渗下来的水滴
养活洞外一片葱茏

走到洞口戛然而止
终是良善之人
不忍揭穿
这明摆着的谎言

空中草原

友人说要走一百个弯才到
我暗自截留一个
以备有过不去的坎时迂回

七月草木深，每一处都葱郁
却想到春天，几次欲草长莺飞

拍一些照片，形态各异
雪绒花，拍出来比长得好看

原谅我，带根拔了几棵
就当带走一个草原
这奥地利和瑞士的国花
也治愈我的乡愁

雪绒花

还有一个好听的学名：火绒草
而雪绒花更符合你的外观

不惧严寒，英雄的花
并不想过多赘述你的荣耀
只取花语

无月又恰巧失眠的夜晚
可入药
性寒，味微苦，解乡愁

仲夏夜

傍晚开始，微风成了安静的少女
轻抚几下身段，就柔软了一条街

路灯温和，站成平行的两排
就像我，独自坐在街边
互为一体，又各自存在

不去揣摩人来人往，我只是今晚的路人
一会儿看看天，一会儿数数车
抓不住半声虫鸣，也交不出旧日顽疾

该感谢这辽阔夜色，接纳一个
我这样被放大的病人

种故乡

一直在诠释远方
那里夜晚很轻，常常能听到
月亮，模仿人的叹息

持续地颠沛流离
星星跟着奔跑

始终做不到拱手相让
无月的夜晚，我学会
轻轻走路，把故乡带来的方言
种进诗行

有时是一首歌
有时，是几粒药

故乡，夕阳以及雪

要特别说明的是故乡
绚烂多姿的晚霞，红彤彤的夕阳
灵魂出窍一般夺人心魄

漫长的地平线与天际等长
雪地像是穿越了远古时代
闪烁着神秘的光
我就是这一刻失了神

一次次踩进深深的雪窝
没有谁比故乡更包容了
以最朴素的纯净洗去我满身尘埃
以零下十几度的凛冽清冷还我清白

拒绝

当四季掏空颜色，我已没有更多
抱紧卡在缝隙缺氧的疲惫
欲言又止，多余的，不必赘述

疏离是最残忍的，人心也是
拒绝看清内部和外部
拒绝空洞和苍白
拒绝交出软弱
拒绝语言

这只是退无可退
最后的屏障，分明还看到
暗涌的蓝色火焰

这时可以用一个带着情绪的
失败的隐喻

兀自叹息

不及出口的，都留在十月吧
那些牵念，担忧
新生的白发，都犹如接下来的风雪
亦步亦趋

午夜梦回，有一瞬间恍惚
梦里温暖，恍若初秋
那时阳光正好
庆幸和感伤兀自叹息

北方的冬天，在深秋就擂响战鼓
风声步步紧逼，更刻意关注
温暖的讯息，心里装着的冰
需一场大暖
才能化解

立冬前，抓住每一寸阳光

骑车经过每个路口，风都在逆行
像是故意违章，不知疲倦地
荒芜城市和原野

芦苇和芨芨草各自衰败
杨树早就秃顶了
叶子无家可归
四处流浪

我有些担心人也荒芜了
立冬前，抓住每一寸阳光
梳理心头陈旧的杂草

关起门，每一声叹息都沉重

深陷梦魇，连续与惊醒妥协
在凌晨最深的漆黑里
我们互致坦诚

也只有最深的夜
才容得下我如此放肆
关起门，每一声叹息都沉重

“一切有为法，如梦幻泡影”

愚笨之人不善谎言
新生的白发闻黑起舞

牵念，夜一样大

失语

再次醒来，太阳已经很高了
想到暴殄天物

北风劲头十足，把树影拉上
破碎地爬上窗户

又一阵困倦趁眩晕的间隙袭来
只有闭上眼，心才踏实

几米说，“孤单时，仍要守护心中的思念，有阴影的地方，必定有光。”

雪还是没来，空有寒冷
千回百转复归叹息，眼睛里的火焰，唇上的风霜

沉默，正逐渐形成默契

雨花台

天空沉着脸
好似一个伤心到极处的人
连哭泣都是无声的

100级台阶，越往上脚步越重
心情怯步不前，抬头
碑上写最疼的笔画
眼睛所过之处，皆是伤痕

翻遍词汇
找不出一颗止痛药清理伤口

等春天再来看你

风走到苏州，便止步了
苏州评弹弥漫在元旦的晚上
一条街都是软软糯糯

文梅姐却柔中带刚，情字一马当先
三天很短，跨年诗会，雨花台，美龄宫，留园，太仓，长江，哪里都是匆匆
三天又很长，我们有一见如故，我们还有余生

我命中缺爱
姐，你就是我江南的杨柳岸
一句“等春天再来看你”
不知能弥补几分
你的执手泪眼

拈花湾

至此，已写不出诗意的句子
烟雨弥漫，所有修辞都显得徒劳

与佛毗邻，草木日夜参悟
你一拈花，山水浅墨着色
灵性的万物，愚钝的我
各有宿命

我本过客，北方与高原粗粝流年
我本虔诚，与树下端坐的佛默然相对

试图说服
试图平静
试图抵达

放低了身子，却放不下红尘
俗世渡劫，牵绕万千
我是我的罪人

那时

和堂姐走在三里屯，北京的1月
竟然有出乎意料的蓝天

我们说起小时候
那个两百多公里之外的
村庄，田野，小河，蚂蚱，蜻蜓
长着腿疯跑的风，几个扎辫子的小妞
——躲闪不及，蜂拥而至

还有那条爬上我小腿的蚂蟥
被堂姐一巴掌就拍出了
吓得惊慌失措
又哭又叫的童年

归去来兮

循着九月的痕迹，辗转反侧
暗涌的火焰做赌注

这一夜夜的血本无归，借着风势
一步步逼近春天
远走他乡的雪，还是杳无音讯

叹息惊醒了又一个黎明
梦话落在除夕，每一句
都惆怅牵念

执手默默
归去来兮

大年初一

终于如愿以偿地病了
我松了口气，拎着浑身酸痛
尽量把今天过得如常
以弥补缺失的部分

毋庸置疑
我像个另类，只有我才会
假装无辜地避开
节日的喜庆，却认真地说每一句
“过年好”

认真地喝泡腾片，喝水
认真地病着，然后

打开喉咙的疼痛
极其动情地读
汤养宗的《封神榜》

大年初三

一念，两念，心心念念
冬天欠下的雪，就是沉默不语

风这个骗子
从冬天都到春天了，日日拍打窗户
也没捎来只字片语

与零下十七度探讨薄凉
与一堆药探讨健康
抑郁和焦虑适时设置路卡

我一再叮嘱自己
要谦虚

大年初四

水仙花按时赴约，暗香浮动
这完全符合大自然的旨意
“水沉为骨玉为肌”

我也接到旨意，过了今天，就好了
每咳嗽一声，胸腔撕开的裂缝
脱胎换骨一般
呼吸的，都是新空气

不想再与沙发厮混
新年的江湖应该更广阔
走亲访友，梦里天涯
在一万个“过年好”中
尘埃落定

喜鹊

放下高飞的翅膀
与人毗邻，巢穴精致得
与人的心思不相上下

小时候，只要听到喜鹊
令人兴奋的叫声
家里就有贵客登门

以至于人生每次有变故
我都渴盼听到清晨
喜鹊的叫声

遗憾也那么长

一生那么长
遗憾也那么长
正如失眠时
刚回忆完的一段往事
焦虑堂而皇之
只有文字
肯收留疲惫和失望

济南

32℃。闷热，出汗
类似夏季症状，近情情怯
瞒过所有人
记忆力越来越差
眼前所见，皆成过往

唯独你，一离开
风势磅礴，巴瑞维尔在阿尔卑斯山
酝酿的眩晕，在今天
开往北京的高铁上，泪眼婆娑

愉悦让人回味，挂念也是
一念，再念
念念成疾

听一首纯音乐

一跳就不见了的夕阳
再次限制思维，想到殚精竭虑
而你就像冬天失约的雪
依然抓得我疼

耐心成就更多失落
释放不了的，心思兑换成毒瘤
追剧，熬夜，失眠，生病

说万法皆空，唯有心造
我就努力想啊，和煦的风，花草树木
没有担忧，只要相对就会心地笑

“内观”舒缓，有高山流水的舒畅
一遍遍，舒缓焦虑

却还是悟不透

色即是空，空即是色

无法站立微尘之上

握蓝・声音

喑哑，魔幻，低沉到骨子里
像午夜的呓语，无限接近真相
你听——
雪花正在打开，薄凉从每个缝隙
纷至沓来，大面积失控

吉他挑起战事，拨弄最脆弱的那根弦
不动一兵一卒，已沦陷半座城池

情绪窒息，握不住失重的心跳
月亮和星星相继跳进水里

不用再绷着，如果泪流满面
就放任它——
淌出河流

终于等到你

终于等到你
从夜晚踽踽而来
那些跟地面一触即化的破碎
让棱角全无

远山晦暗不明，四月雪
骑上屋脊，看一场杏花雨
我攥着意外，写
措手不及，心凉如水

“乍暖还寒时候，最难将息”

月光站上山顶

月光站上山顶
就是最大的王
所有的黑暗俯首称臣
戾气匍匐四野

我是专门解构夜晚的人
夜夜举着窗口的灯盏

再大的虔诚也会有纰漏
各种颜色的药成了相依赖的亲人
到了痛心疾首处
就服几粒

◎微澜荡漾◎

亲爱的自己

刚抓来一把过路的鸟鸣
不及盘问，大雨就占据了下午
雨滴敲敲打打，像写在信里的问候

徐徐拆开，已是经年之后
入眼处
展信安——

我必定忍不住地热泪盈眶
那时，也可能会像局外人
看年轻的自己
年少轻狂，难免沉不住气

无所谓了
幸福，不也一直让人心存疑虑

能确定的，是已走出困局

时间是最好的引导者
让人越世俗，越无所畏惧
在泥泞里跋涉

木心曾说：人生在世
需要一点儿高于柴米油盐的品相

我从不觉得空旷奢侈
相比之下，人渺小如尘
光照进缝隙，有更圆满的寄托

八月

梦里跋涉而来
旧事难提
总是在我身体虚弱时出现

偏执地与你谈笑
恰如庄周梦蝶
有难言的隐痛

再次重逢，百鸟齐鸣
这些调皮的小孩儿
天色大亮
才缓缓掏出八月

夏天的风

是簇拥的树梢
是成片成片的玉米
是蜻蜓落上篱笆枝头
是蛙鸣响彻空旷
是田野，一浪一浪，裹挟的广阔
是迎面而来，擦过耳边撩起的发丝

是我过去和现在的村庄

是浮光掠影
是一眼惊鸿
是心花怒放
是恋恋不舍

曾经，没觉得稀奇
再驻足，才知况味

东上碾头

毫不费力地，概括了童年印象
可每次说起她，却纠结又词穷

就会想起因病早逝的母亲
想起父亲，想起他一生操劳，想起贫穷

村前的小河，两岸的良田
红蜻蜓，绿青蛙，小鱼，蚂蚱……
一同沿记忆原路返回

可荒草蔓延，覆盖了后来的词库
不知土地是否一样疼痛
不知哪种方式
可以让她疼得轻些

唯有天空和清风熟悉路径
只要抬头，一招治愈
所有的不愿提及纷纷避让

上寺村的羊

从筒子沟上山，草木练习轻功
一个劲儿往高处生长
上寺村的羊专攻攀爬，讲究吃最好的草。25公里
每天一个来回
上山吃草，下山喝水，跑来跑去
羊群就跟天空的云一样了
白白净净，步伐轻盈

阁上瀑布

沿水脉溯流而上，从脚下就开始跋涉
经草丛、树林、乱石
山涧迂回
有好听的鸟鸣指引道路

秋是初秋，登山的人
躬身向上，不时
有果实打头
慕名瀑布而来
人人说，不虚此行

瀑布群自“九天”而下
一步步
铺开人间的溪流

临水而坐
天籁般的水声治愈尘世疾苦
掩盖了一切杂音

九月的松树岭

九月的松树岭成熟了
惹得每个人
日渐膨胀
这是秋天一贯的作风

茨藜子和野菊花一改常态
穿上好看的嫁衣，招摇得
旁若无人
蘑菇常常让人难辨真伪
雨后初晴，满山坡
都在眼花缭乱

她们多姿多彩
在风中行走多年
把人的心思
拿捏得稳稳的

而说起俗世

往往不屑一顾，又难免忌惮三分

秋天的空中草原

再次踏足你，依然说不上熟络
比起上次客气地走马观花
总算又进了一步

开阔的草地与密密匝匝的松树林
齐头并进，蘑菇羞涩
小姑娘一样躲在光影里闪烁其词

我和蓝天白云一样，艳羡地注视
放牧人骑高头大马，牛羊自在散漫
这些秋天里年轻富足的色彩
铺出了广袤无垠

我似乎都忘记了高山上持续的风
却已经有一些落叶感知疼痛
一声不响，落于草间

野菊花

绝对有一颗淡泊已久的心
三三两两散落荒野
不招摇，不显眼，不悲观
与日月星辰为邻，从容度日

从不提过分的要求
只要几场雨，便放开了性子
漫山遍野地星星点灯

大山由此多出了率性
我仿佛看到自己的倒影

往秋天去

定是被风蛊惑了
才一再去往风里
相比较速度，风比我自由

塞北再次走在秋天的前列
被风举高的天空，使眼光变得高远

田野可不是空洞无物的修辞
来不及伤心一朵云远行
眼睛所见的丰满
好似哺乳期的少妇
谷穗越是沉甸甸地往下拽
就越发显得风姿绰约

往秋天去
我们都是守信的人
春天许下的承诺

饱满和喜悦
染得红一片黄一片的山峰
正在一一接手

小秋风

每次骑行，先遇到风
不妄想能把它写进诗行
却嫉妒来去自由

风，从不曾为谁停留
迎面而至，又擦肩而过
撩动的发丝，算是彼此打过招呼
这时，最不合时宜的就是陈旧的悲喜

你听，秋虫愈来愈近的叫声
渐渐成熟
它们集体登上田野的舞台

与玉米、谷子、大豆
在秋风里演练
声势浩荡

旷野

焦虑退至三餐和野外
与沉默日久毗邻
终于看到了成熟的繁茂

翠雀，紫菊，沙参，地榆，蓝盆花，北乌头，额河千里光……

这些好听又好看的野花野草
在北方八月的旷野
毫不设防，让惊喜一再放大

我冲着它们喊：
“喂——”
群山回应

不问缘由，悉数
收下，喊出来的感动
和没喊出的沉重

秋风浩荡

空中草原，在云端
铺开草甸
我来时
秋天也来了

粉色的山菊，红色的地榆，黄色的虞美人……
热情洋溢，又一次点燃了草原
就连太阳
也伸出修长的手臂
拍手叫好

目之所及的丰茂
可是我动用了春天的野心
翻过——
十八堂，神仙洞，银王寺，尖山，南台，筒子沟

才终于赶上了
这满世界的秋风浩荡

秋日弘阔

秋虫没日没夜地叫
叫得人间荡漾

秋日弘阔，能装万物成熟
老玉米、毛豆角、焖土豆、西瓜、苹果、葡萄……
每日匆忙又富足
吃遍秋天
我是多幸福的人

雏菊开满山坡，依旧干净
秋天是印象派
色彩备足
逐渐加深
粉白，浅黄，橘黄或者橘红
仅一念之间

秋雨沿着记忆绵延，秋风迅速长大
一枚叶子，并不想惊扰谁

轻轻

飘落下来

“大雁去了南方”

任众生改变行程

谁动

群山不动

释怀

立于高山之巅
白露也正好行至此处
群鸟云间失神之际
我清理路径

几经寒暑，时间的巧手
不动声色将死结
一一松动

站在高处的好处
便是能借一点儿天地灵气
让我觉得
什么都可以原谅，放下

连绵的群山，匍匐
脚下，风过高冈
松林和小红菊放声歌唱

辛丑年中秋

低落和沉默，提前堵住了漏洞
被困住的词语，越来越潮湿
阴郁地躲在雨后
不愿被人撞见

临近黄昏，雨转多云
那么多雨做的云，足够隐藏抱怨
委屈是一个人的
千万别指望高冷的月亮
它高高在上
已悬挂出恒久的孤独

从月缺到月圆
无数次计算的距离
每次都有偏差

浅浅的云层铺满苍穹

而明月皎洁
不圆满处
别去深究

我的田野早就杂草丛生

·

地上的叶子
与枝头依依惜别，而我
是带了五百里加急的秋风
才赶上一次约定

家乡的庄稼大片大片地成熟，可我们
没有过一次通透的交谈，这让我
对土地和生命，都充满了愧疚

城郭封存的过往，让人无从下手
彼此交换过信息，却从没提及
那片摇曳的芦苇没有抓住的重点

我的田野早就杂草丛生
却苦于手里
没有锋利的镰刀

天空高远，假装

对一切，视而不见

看起来，没有一点儿痕迹

暮秋的雨，下得极其浓稠
也极其有手段
几天几夜，软硬兼施
让所有失去太阳的领地溃不成军

溃不成军的，还有人
伺机而动的颓废
这是一群出了名的坏蛋
趁雨下得尽兴，极不安分

十月是一道坎，不管
草木，怎样地用力渲染
都抵不过西风
拱手而让的惆怅

不久，就连枯萎
也会被风雪吹散，掩埋

纠缠过的悲伤

看起来，没有一点儿痕迹

北方

“萧瑟秋风今又是”
秋天燃烧后，我的北方就只剩灰烬了

苍茫纷纷涌来，又四面八方散去
不知该向谁问询
冷暖——
是如何在一茬茬轮回里
自如放下，而后又绝地重生

经冷雨洗过的夜空特别干净
乌云散去，星星发着寒光
任谁，也无法
将“每条河流都切断”

金秋十月

西去五十里的山西
同河北一样，沿途到处是玉米
齐刷刷的
像守卫田野的士兵

几番冷雨霜冻
主人还没收回去的，沉甸甸
挂在秸秆上，好像秋天再用力些
就会掉下来

玉米叶子已经干透，薄薄的，刀锋一样
风一吹
便“呼啦啦”地欢叫

疲惫中，透着倔强
即使生命就此终结

金秋十月
曾是父亲最忙碌
也是家里最富足的时候

我却白白浪费那么多年
才懂了这些

天空阴霾，依然有鸽子在飞翔

自大寒起，连降大雪
天空像我隐忍呜咽的母亲

哪怕只言片语，都不忍再去抱怨
我就是从风雪中归来的人
饱尝凛冽和严寒

千里奔波退至五楼
而很多人被封在原地
临近年关，依旧
各有各的苦衷

病毒好似长了脚的怪物
即使没有寒梅指引
我也会侧身让路
天空阴霾，依然有鸽子在飞翔

陈伤

1

秋风早出晚归，又跨过几个山脊
途经山口时，“呼呼”地叫着
就有云落下来，有叶子落下来

托举不动的，循环往复
就像黄昏走后，街灯摇晃着走来
旁若无人地来去，毫不在意
偷窥时间的人

身体是诚实的，先于季节
道出真相

只有我，装聋作哑

2

假扮无知，就有理由时常幻想

有一个平行的自己
在不为人知的角落
凡事了如指掌，自如修补缺憾

地球引力一样的旁枝末节
再构不成干扰
意念一动

那个我
无所不能

3

所有的发生，都有关九月
那些揣进怀里的疼痛
喑哑生涩

我成了不会说话的孩子
拿起过往的麦克风
坐上云端唱歌

风来，说听到了
鸟来，说听到了

挟持

不由得叹息，塞北已深陷
初冬的吻痕，眼睛极目之处
形容词丧失了用武之地

北风善于要挟
大地交出山河，交出苍茫
交出被掏空的疲倦
还要怎样

我不过一颗草木之心
这发自体内的冷，这以后的日子
只剩下等了

等风声过后
等一场雪
等伤口弥合
等你的消息

逝

下雪了，冰冷的雪花
飘在空中
像秋天的落叶

此时想到落叶
我想的是九月
那条长长的街道
那轮夕阳
途中和你说的那么多话

此刻它们从天而降
纷纷扬扬

微澜荡漾

零度以下，西北风已接近凛冽
或许有一场雪正在路上

骑车西去30里
壶流河水库一个趔趄
将冬天照单全收

天空在水里发抖
微澜荡漾
竟与冬天的雅鲁藏布江几分相似

抱怨停在唇角
爱人啊，3500公里
我当供出体内的暖
才好融化冈底斯山飞来的大雪

再见，2021

过了冬至，遗憾就别再提起了
最后几天会越来越冷
旷野更加空阔，足够装下到来的严寒

却难以让焦虑
风轻云淡

阳台略显拥挤
每个存在都饱受阳光的恩惠
天可怜见，苦瓜清影羸弱
几朵小黄花格外醒目
却注定，不能修成正果

纠结是人的本性，总不免
为一眼看到的命运感伤
一边失落，一边庆幸

出行报备，两码，核酸
疫情的阴影痕迹明显
这一年所有的
遇见，失去，获得，释怀
都将——
越过钟声奔赴

活着多不容易
我忍不住为生命的鲜活喝彩

诗是出口，也是救赎

首先，要感谢生活，有剥夺，也有馈赠。写诗，是生活给予我最至高无上的礼物，相比渺渺的远大理想，诗歌随时都在左右。

常常在想，我为什么要写诗呢？答案并不明确，我只知道当写诗的念头来了的时候，我无法拒绝，我所有的情绪，好像都成为了去往诗歌的媒介，一切都是那么自然而然。

就像我一直恐高，一直胆小，却很意外地喜欢上了户外登山一样，一直不擅长人际交往，反而与群山相处融洽，这是一种不用伪装，没有迎合，坦坦荡荡，自然而然的关系。就像每次登上山巅，只要放眼一望，再多的想不通，都会让我心胸开阔，那种人间通透，没有亲临的人很难体会。

写诗也是这样，每写完一首，我都如释重负，然后一遍遍不厌其烦地读，逐字逐句不厌其烦地改，并长久地乐在其中。

我的世界相对简单，家庭就是我的全部。这些年，我并不后悔为了家庭不遗余力地奉献自己。爱，青春和精力日复一日，爱人和孩子，成了这个世界上我最亲的人，爱他们就是爱我自己。这些年，我总是在西藏和内地来回穿梭，从河北老家到西藏山南，有三千五百多公里，两地分居便成了生活的常态，很多时候很多事要一个人面对，难免有小女人的委屈和抱怨，但我肯定不喜欢自己成为生活的怨妇。

再不喜欢交际，不擅表达的人，也有内心情感的诉求，却常常苦于自己拙嘴笨舌。偶然读到过一段话，深有同感："一个太过于文艺的人，注定是不会太快乐的，心中有爱，有善良，骨子里住着孩子般的童真，可是往往多愁善感，容易感知美好，也更容易体会悲伤，喜欢文字，但往往也不善言辞，不是文字太少，而是感受太深，太多。"于是诗歌应运而生。我多幸运，我深知一个人以良知知行合一有多重要，我既没有完全荒废人生，诗歌也替我概括了人生况味。诗是出口，也是救赎。

没错，是诗歌充盈了我。诗歌是小众的，也是包容的，它能容得下天下万物，也能体察一个人细微的情感，诗最擅长的就是由此及彼，藏而不露。这正符合我腼腆内敛，不爱张扬的性格。

一直平庸、平凡，平平无奇，也一直有遗憾和落寞充斥心间，是诗引领我，孤独无助时不再彷徨，深切地感知着它的魅力。说来惭愧，人到中年，依然不是很懂人情世故，也依然心有恐惧，依然心怀期待，但我并不懦弱，对登山如此，对诗歌如此，对生活如此。

行文至此，落笔为终，愿山河无恙，愿亲朋安康，是为后记。